卯

mǎo

張心柔
著

獻給母親

序

二〇一六年春天，突如其來的一場疾病把我擊倒了。一個多月的時間裡幾乎臥床不起，卻難得有了安靜讀書思想的時光。這段時間裡影響我最深的兩本書，一是珍·艾倫·哈里森（Jane Ellen Harrison）的《古代藝術與儀式》，一是中國大陸詩人于堅的詩選集《我述說你所見》。於是，我從前者的古希臘精神，後者的當代語言獲得了養分，它們在我內在形成了新的模型，好像陶器的胚形一樣，由此產生了新的一批詩歌。

這本詩集收錄了二〇一五至二〇一九年初的作品，其標題《卯》乃承襲我上一本詩集《寅》而來。歷經了黑夜中漫長的冥思，一個更加自覺的靈魂正在誕生。同時這個新的自覺是帶有女性意識的。如果要為我這兩本詩集下一句簡單的註語，我會說：「我先是個詩人，然後才是女詩人。」

在目錄的編排上，我第一次採用了以體裁來分類的方式，將之分為「抒情詩」、

「歌行」、「頌」和「短詩」四類。「抒情詩」即lyrics，是西方詩歌的體裁，也是我寫得最多的一類詩，大多十幾行到三十行以內，也有部分為四五十行的作品。「歌行」是有如樂府詩的長篇敘事詩，也有受西方民謠歌曲影響的作品，例如〈南方的姑娘〉創作靈感來自巴布狄倫（Bob Dylan）的〈Farewell, Angelina〉，同時「流浪」、「在路上」也是這類的次主題，因此選了兩首較短的詩放入。「頌」依照《詩經》的定義，屬於宗教祭祀歌曲，這個部分主要是個人心靈獨白式的祈禱，其形跡已在《寅》的輯二「浪遊者之歌」中有諸多表述，亦收入描寫愛情祭場的〈林中小屋〉和悼念余光中老師之〈光之頌〉。「短詩」則為十行以內的小篇幅作品，其中〈琴〉、〈蠹〉、〈鹿〉、〈史〉、〈妓〉五首詩是為詩人夏夏所編之《沉舟記——消逝的字典》創作的作品。

當今寫詩的人似乎常常被問到詩觀的問題，我寫過兩篇文章討論這個題目，一是〈詩的噴泉〉（二〇〇九，本人第一本詩集《邂逅》之序文），一是〈何謂吟遊詩人？——從抒情詩的傳統談起〉（二〇一七，吹鼓吹詩論壇夏季號）。然而隨著創作歲月的累積，新的思想也應運而生。我要感謝給予我這個靈感的幾位前輩老師：我的古琴老師陳國燈先生、詩人瘂弦的著作《中國新詩研究》，以及希臘詩人伊利狄斯（Odysseus

Elytis）一九七九年獲諾貝爾文學獎的受獎演說。往後有人問到我的詩觀，我就要這樣回答：

詩以其清澈的心靈，簡潔的語言，在歌唱般的韻律中對人類展示來自他們自身的美與無限。

二〇一九年八月四日　子夜　於臺北

目次

頌

短詩

抒情詩

女詩人的備忘錄

像莎孚一樣歌唱
像波娃一樣雄辯
像鄧肯，卡羅，茨維塔耶娃
熱烈地愛
像鄉下女人一樣辛勤工作

像安蒂戈涅和考狄莉亞
堅定不移，純潔無畏
像艾蜜莉筆下的荒原和星星
和她大西洋對岸的同名姐妹
神祕，激烈，深邃
富於沉思，清醒的智慧

像唐吉軻德奮力捍衛的牧羊女
在山崗上那樣自由

像同鄉那位女建築家
民國時代的一輪新月
像舒曼的鋼琴家妻子
慧黠多產的德國精靈
大衛同盟的忠實後盾
像孔子在衛遇見的
氣度不凡的夫人
像詩經裡在河畔的眼眸

像貞德的腳步在大地上行走
一路跳著唱著：
窈窕淑女，我待賈者也！

詩中依序出現的女性：

1. 莎孚，Sappho，古希臘女詩人，以抒情詩著稱。
2. 西蒙・波娃，Simone Beauvoir，法國女性主義哲學家。著有《第二性》。
3. 鄧肯，Isadora Duncan，二十世紀美國舞蹈家。
4. 芙烈達・卡羅，Frida Kahlo，墨西哥畫家。
5. 茨維塔耶娃，俄國女詩人。
6. 安蒂戈涅，古希臘悲劇家索福克里斯的同名劇本之女主角。
7. 考狄莉亞，Cordelia，莎士比亞悲劇《李爾王》之女主角。
8. 艾蜜莉・勃朗特，Emily Brontë，英國小說家，詩人，名作《咆哮山莊》。
9. 艾蜜莉・狄金森，Emily Dickinson，十九世紀美國詩人。
10. 牧女馬賽拉，Marcela，塞萬提斯小說《唐吉軻德》裡的人物。
11. 林徽音，中國著名建築師，新月派詩人。
12. 克拉拉・舒曼，Clara Schumann，十九世紀德國鋼琴家，作曲家舒曼的妻子，為他生了八個小孩。
13. 南子，春秋時代衛國國君夫人。
14. 聖女貞德，Joan of Arc，十五世紀法國農家女，因受神的啟示帶領法國人於英法百年戰爭中擊退英國人，保全了法國。死後被天主教會封為聖女。

二〇一六年三月二十三日　臺北

去昆明

天呀，快快黑吧
我要乘坐星星的雪橇
編織多情的幻想
去夢你

地呀，快快亮吧
給山稜的皺摺熨上色彩
我是一條歌唱的河流
去頌你

火車呀，快快飛吧
穿過漫長漆黑的隧道

一座綴滿鮮花的山崗
去吻你

二〇一六年二月十二日　大理

春天，在大理

春天，在大理
時光是洱海上緩步移動的雲
雍容的唐代女子
對清澈的明鏡解開襯衣
純潔而不羞澀
一尊安詳睡臥的玉佛
被陽光照得金光四射
在古往的世界裡做著好夢
遠方，群山靜默無語

那是另一種唐代女子
霓裳羽衣，玉羅輕袖

善舞的琵琶和彩帶一起
飛成蒼山上的千萬棵松
看哪，當大風把那蓊綠的纖纖素手吹將起來
彷彿聽見傳自長安的笑聲

二〇一六年二月九日　年初二　大理

這已是春天了嗎

這已是春天了嗎？
如同你承諾過的那樣？
新草是否都有好好生長？
北風已悄然退回寂寞的國度？

青春女神已自地底歸返？
大自然的規律，冥界之王也得遵從；（註一）
酒神的劇本已都寫好？
廟堂前的樂人也著好了裝？（註二）

遠行的軍人依舊杳無音信？
親切的故舊散落在四方？

猶豫不決的戀人踮著步伐
相互凝望，在有月亮的晚上

而儘管這一切是黑暗和沮喪
我感到愛你的渴望
一如既往

註一：希臘神話中掌管春天的女神波賽芬妮Persephone，被冥王Hades擄為新娘，因此一年四季中有四個月的時間大地上見不到春光。

註二：古希臘人在春天舉行酒神的祭典，在祭典上舉行戲劇競賽，所有的劇作家都會在這場祭典上大顯身手，著名的悲劇亦於此時上演。

Is This All Spring

Is this all spring?
As you promised before?
New grass has grown safely?
North Wind has gone back to the land of solitary?

The Goddess of Youth came back from the underground;
The law of Nature, even Hades to obey;
The plays of Bacchus have all been written?
The music men in front of Temple have all dressed?

The soldiers faraway still unheard?
The friends familiar live beyond seas?

The hesitate lovers tip their toes
To gaze silently, in a full-moon night

And despite this all darkness and depression
I feel a desire to love you
As I always do.

二〇一七年二月十四日

驚蟄

——是月也，日夜分，雷乃發聲，始電，蟄蟲咸動，啟戶始出。
《禮記・月令》

二月裡來了好多雨
先是露水
然後是櫻花
遊人紛紛駕車登高
住在山上的人倒是淡漠
只祈禱雨不要再下
天冷至少有煤油爐
為冰封的心加溫
緩緩的，慢慢的

像一條蛇漫過沼澤
那麼不經意
忽然有一天就熊熊燒起來
伏居的文人也在等待
東風解凍的時節
小人盡驅
智者發為灼灼之言
愛情以新的面貌歸返
清和溫雅的音樂
大街小巷傳遞
在舞蹈之神的啟發下獲得靈感
孩童要展開他們的雙臂
歌詠大地和春天
擎著火炬的人從山洞走出
人類第一次明白了語言

那天早晨
天氣晴朗
雞鳴五聲以後
他使她成為女人

二〇一七年三月五日　是日

轉機

多麼令人睏倦的飛行
如果它們不是指向你
我這一生的努力將毫無意義
山崗上的花朵將要枯萎
大海洶湧的浪潮也要止息
飛機場：起飛。降落。標準的程序
配上標準的美女和微笑
冰冷的令人作嘔
幸好咖啡還能保持溫度
幸好拖行李的人臉上露出一絲疲憊
幸好那嬰兒忽地哇哇大哭了
幸好候機室有明亮的落地窗

可以望一望遠方的山
就像望著你

二〇一六年二月二十七日

來了

來了
一顆顆小眼睛
黑夜忠實的守護者
從來不遲到
從來，自黃昏的西天歸返：
第一顆，絢爛的讚嘆；
第二顆，溫存的吻；
第三顆，一隻寬手臂擁情人入懷；
接著，一顆又一顆
狂風般掀起波濤萬種
漁船的燈火，女士的珠鏈
流浪者的嚮導，孩童的幻夢

詩人的藍圖，祭司的占卜
曠野裡策馬前行的騎士
見著了那永恆的信號
說：我的主，我的愛
來了！

二〇一六年四月四日

不要在黃昏時離我遠去

不要在黃昏時離我遠去
那美麗隱含著巨大的哀淒
飛鳥歸巢，人們自勞動回返
舒適的房舍，餐桌上的交談
主婦小心翼翼經營的溫暖
兢兢業業的中產家庭
世界的良心與黑暗
——不，我一點也不羨慕
即便那裡有聰明的藝術家
風流倜儻，辯才無礙——
我知道我等的那人會從荒野上來
我將為他在星空下搭建一張床，一個家

為他唱一首歌，跳一支舞
給他全世界的大海

二〇一六年四月五日

三月三

——中春之月，令會男女。於是時也，奔者不禁。
《周禮・地官・媒氏》

咿咿呀呀哎哎喔喔
啦啦嚕嚕呼呼阿阿
我喜歡你奔跑起來的樣子

噗噗撒撒嘰嘰咕咕
哦哦嗚嗚嘎嘎咯咯
我喜歡你光著屁股的樣子

呵呵哈哈吼吼勒勒
噼噼呸呸嘻嘻嘿嘿
我喜歡你在春光下的樣子

二〇一七年四月十九日

美好的一日

媽媽在廚房唱歌
喜美翹著尾巴　一旁轉圈
懶洋洋的女詩人　曳著長袍
昏昏沉沉睡到日上三竿
現身在房門　那小狗
立馬撲上前來　彷彿
見到失散多年的情人
春天的早晨　奉獻給
古希臘儀式研究和《論語》
記下幾行夢中的詩句
來回踱步　反覆推敲
忽然痛苦的抱住左胸

著魔似的猛寫一陣　爾後
泡杯英式奶茶　喘口氣
倒退三步觀看自己的傑作
這裡描歪了　那裡
還應該添上幾筆
但現在該吃午飯了
配樂通常是鋼琴獨奏
莫札特　巴赫或舒曼
舒伯特只適合在晚上聽
偶爾放貝多芬和布拉姆斯
日爾曼巍峨的神靈
從森林和溪流竄出影來
在奧林帕斯山上忘情舞蹈
下午的勞作是練習鋼琴
或者　學習古代聖賢

臨摹《大唐三藏聖教序》：

蓋聞二儀有象，顯覆載以含生
四時無形，潛寒暑以化物……
有玄奘法師者，法門之領袖也
幼懷貞敏，早悟三空之心
長契神情，先苞四忍之行
松風水月，未足比其清華
仙露明珠，詎能方其朗潤……
是以翹心淨土，往遊西域
乘危遠邁，杖策孤征

山區的午後開始下雨
雨水打在碧綠的湖面
那麼有力　全然的信任

大地將它的子民俱收攏來
以萬有的雌性之力
她凝望出神　想著
等雨停了要帶喜美去散步
還要去拿幾件乾洗的衣服
但現在該吃晚飯了
小津安二郎　安哲羅普洛斯
卓別林　或中國無名的紀錄片
在餐桌後一米五的位置開始朗誦
人類無盡的生存之思　之美
之幽默　之仁慈　之憂患
之惡　之崇高　之渺小
休息一小時
再彈一小時古琴
湘江湘水碧沉沉

未抵相思不見君（註）
恍惚中　那唐僧的幽魂又復飛來：

積雪晨飛，塗閒天地
驚砂夕起，空外迷天
萬里山川，撥煙霞而進影
百重寒暑，躡霜雨而前蹤
誠重勞輕，求深願達

家門呀的一聲推開
這可是等候多年的男人
終於駕馬歸來？
見著喜美的跳躍
原來是媽媽下班回來了
關心地問詩人吃飯沒有

答說都吃過了
碗也洗了　垃圾也倒了
明天會去領錢繳房租
睡前最後一件事是讀一本小說
歌德，赫賽，珍．奧斯汀
或一本詩集　翻過幾頁
睡意襲來　步履蹣跚
爬上床去　夢想
這在現實中
從未準確發生
美好的一日

註：古琴琴歌《湘江怨》之歌詞。

二〇一六年四月二十六日

給小女孩的搖籃曲
Lullaby for a Little Girl

Oh my little baby,	我親愛的寶貝
Don’t you cry alas.	不要哭，不要傷悲
For he took your life so suddenly,	一瞬間　他奪走了你的生命
It almost caused no pain.	不會痛，幾乎不會。
The mother frightened and screamed	母親驚恐地尖叫
The father looked down and wept	父親低下頭擦眼淚

The crowd's running and angry
The police's shields are piling
Somehow I recall
The smile in your face
Beneath the summer sky
You're dancing like a butterfly
You opened your arms
To this suspicious world
Without a thought of betrayal
And they said, it was just an accident
And they said, we'd better soon be walk way
Somehow I recall
群眾發狂地在奔跑
警察的盾牌在堆高
忽然間我想念
你臉上的微笑
在夏天的晴空下
你像隻蝴蝶般飛舞
你張開雙手
擁抱這可疑的世界
不知道背叛是個什麼
而他們說　那不過是一椿意外
而他們說我們還是快快走開
忽然間我想念

The smile in your face
Beneath the summer sky
You're dancing like a butterfly
You opened your arms
To this suspicious world
Without a thought of betrayal

你臉上的微笑
在夏天的晴空下
你像隻蝴蝶般飛舞
你張開雙手
擁抱這可疑的世界
不知道背叛是個什麼

Oh my little baby,
Don't you cry alas.
For he took your life so suddenly,
It caused no pain almost.

註：二〇一六年三月二十八日，臺北內湖一女童在街上被吸毒男子砍殺，那時母親帶著她在走路，後該名男子被群眾制服，交送警方。

二〇一六年三月三十日　臺北

也許這樣是美好的

也許這樣是美好的
偶爾仰望天空
和久不見面的朋友談天
聊些無關緊要的瑣事
定時注意天氣預報
不論它們準確與否
精神好了就讀點書　彈彈琴
心情不好就看電影
聽吵雜的流行音樂
不過度投入任何事情
為了不讓自己傷心
為了　暫時忘記生而為人

對人負有的使命與記憶
明天尚未知要航向哪裡
但我知道即使下著雨
天上仍有星星……

二〇一八年六月十四日

未來是個沒有溫柔的世界

未來是個沒有溫柔的世界
溫柔向著過往那一方
這荒蕪的島嶼已無處流浪
無處躲藏，啊
你的影子多麼憂傷
一個浪漫的孤兒
曾經把世界想望
卻是無處棲居
把熱烈的心安放；
不，河流從不會停止
在到達大海以前
她還要不斷跳舞，不斷歌唱；

只是為什麼
偶爾看見路旁的游方僧人
內心仍止不住憂傷……

二〇一八年六月二十三—二十四日

我有一個戀愛

我有一個戀愛
一個美麗的形象
在我心底

在我黑暗無助的時刻
它照亮了我的生命

是你，是你
啊多麼漫長的等待
光明，光明
我要振翅向你飛去

二〇一八年六月二十八日

出詩集

我顫抖的雙手奉獻
一部土著人的生命史
像那個遠古的巫師
在祭場裡精神恍惚

多麼齷齪
自從人類離開他的天神
慌張地尋找蔽體之物
詩人　最骯髒的那個
用最文明的文字將自己扒光
赤裸裸　獨對蒼穹

噢，先知艾蜜莉（註一）
你不能說，這是人心的拍賣
這與貧窮毫無關係
這樣的時代
詩是再瘋狂不過的事
那忠貞的特洛伊女子（註二）
也要為我的舉動惋惜
然而，那律令在嚴厲的命令我
要我履行我的天職
要我在陰暗的時代為祂唱歌
像那印度王子聽見黑天說：（註三）
「為了義在世上伸張，
你要戰下去！」

註一：美國詩人艾蜜莉・狄金森，有詩〈出版，是人心的拍賣〉。

註二：荷馬史詩《伊里亞特》中特洛伊的公主，女先知卡珊德拉，阿波羅追求她，給予她預言的能力，被拒絕後，他詛咒她的預言都準確應驗，但永遠沒有人會聽信她。

註三：印度史詩《摩訶婆羅多》，王子阿周那。

二〇一六年三月二十五日

小女孩的願望

小女孩對媽媽說：
「我長大想當詩人！」
媽媽說，女兒呀，
你將要過貧窮的日子
你準備好了嗎？
女孩不知道貧窮是什麼，
她用天真的嗓音說：
我準備好了，
我準備好了！

小女孩對媽媽說：
「我長大想當鋼琴家！」
媽媽說，女兒呀，
在這個無樂的世界上
你會變得很寂寞，
你準備好了嗎？
女孩不知道寂寞是什麼，
她稚氣的臉龐閃耀光芒：
我準備好了，
我準備好了！

小女孩對媽媽說：
「我長大想當舞蹈家！」
媽媽說，女兒呀，
你有太多的夢想，

實現它們要付出許多代價
你準備好了嗎？
女兒不知道代價是什麼，
她高興地揮舞雙臂：
我準備好了，
我準備好了！

小女孩長大了
她是詩人，鋼琴家和舞蹈家
為此付出了許多代價
嘗到了寂寞的滋味
也體驗了貧窮的艱辛
當人們問她，
你是否喜歡你擁有的一切？
她只說了一句：

我準備好了，
我準備好了！

二〇一六年三月二十九日　臺北

美麗的事

美麗的事
譬如破曉時的星星
譬如月光朗照的夜
譬如夏日，嘩然響起的蟬聲一片
譬如大海，跳著舞前來

譬如情人的竊竊私語
譬如懷孕少婦臉上的光暈
譬如春天清晨的露珠
秋天的晚霞

譬如樹葉間漏下的光
譬如公園裡空著的秋千
譬如初生的小犢牛
搖搖擺擺學習走路
譬如牧童的笛聲
山谷中迴盪

譬如在一間美術館
和一張臉會心一笑
譬如你正在寫一首美麗的詩
一隻手在背後撫摸你

二〇一六年七月十日

夏日午後

女人躺在床上
小狗趴在地上
濡濕的夏日午後
風微微吹
電風扇在轉
鋼琴蓋開著
街道上偶爾傳來小販
慢條斯理地叫喊
燒酒螺　土窯雞
收舊報紙和玻璃的
很久沒有聽見了
木質地板上

書籍堆積如山
泛黃的襯衣露了出來
真是不知羞恥
小狗翻了個身
廚房裡有東西落了
那女人一動也不動
似乎在做著什麼夢
窗外　不知名的鳥兒
在談論國家大事
某某院長貪污逃亡
某某農委會長欺壓農民
某某法務部長不懂法律
某某外交官又說錯話了
某某國防部長＃＠＄％……
唉　得了吧

女人翻了個身
把窗戶關上
小狗也翻了個身
為了抓癢
風不吹了
濡濕的夏日午後
女人趴在床上
小狗躺在地上
沒有男人歸來

二〇一六年四月二十六日

玫瑰的召喚

夏日
一場大雷雨來臨前
花園裡的玫瑰　夢想著
要去盛大的開放
要去呼喚一場真正的革命

我在窗前看著它
看著遠方
風暴駕駛著黑坦克
我猶豫著
我準備在它被鎮壓時關閉窗子

玫瑰說：
人啊，跟著我吧
如果你們之中已沒有摩西
不要關上你的心！

二〇一六年五月六日

端午即景

第一片蟬聲響起來
琴音的韻律也就跟著亂了拍
灑掃的午後　斜陽露了笑臉
有朋自不遠處來

（他孩子氣的臉說：
「你看，立蛋耶！」
於是寂寞的房子就充滿歡笑）

我想著有情人在遠方
如同千年前的詩人流浪
依舊在找尋命運的方向

而我也在等
亦步亦趨　偶爾不專心地看其他風景
等待一身塵緣了盡
穿過燃燒的荊棘
化身鳳凰向你飛去

二〇一四年六月二日

石頭

石頭是一個人
石頭會開花　在澆水之後
石頭愛唱歌
石頭喜歡陽光
更喜歡女人　當她們
撩起裙子坐在他身上的時候
石頭興奮得想大叫
但他不會說
他只會對月光默默淌淚
對小溪唱無盡的情歌
——那個永不停下的女人！
永遠在奔跑，著急著

投入大海多毛的胸
石頭偷偷戀慕著她
在好深好深的山裡
在好久好久以前

二〇一六年六月九日　端午

部落的一天

天微微亮
最會唱歌的男人扛起鋤頭
獨自下田去
村婦們綁上頭巾　背著竹籃
到山上採山蘇
前天　又一位老人家撒手人間
留下許多未解的謎
來不及訴說的故事傳奇
在失語的現代瘖瘂了
三三兩兩的小朋友在聚集
準備搭公車上學去
蜿蜒的山路多麼寂寥

幸虧爸媽買了平板電腦
一路玩到學校　直到老師
擺出如黑板生硬的臉孔
年節剛剛過去　在外打拼的年輕人
紛紛游回城市的海洋
別了，家鄉喲
哺育我滋潤我的河流
下次放連假我再回來看你
那些幸運的留在部落的
憑藉先祖留下的美麗山河
一張能說善道的嘴
和翻筋斗絕技
擄獲多少都市阿姨少女的芳心
嘿，別以為我們靠臉吃飯
這一切設計豈不費盡心意

希望你們來部落玩得開心
春天　山上的木棉花開早了
我動身去拜訪久違的朋友
陽光灑落的午後
惠玉和惠美兩姊妹在加工山蘇
一邊聊起部落的新聞
誰家的小孩要結婚
誰家的小孩要到外地上大學
誰家的小孩永遠不回來了
該是酒喝多了吧　她們淡淡的說
這是部落　遊客和年輕人來來去去
有些人始終留在這裡
那愛到各家串門子的秀美也來了
驕傲的說起她最新得到的小孫子
美娟在為她發育期的女兒縫補衣服

平埔族的血統　長得人高馬大
還有一顆善良倔強的心
像我家鄉的那些女人
一輩子操勞　一輩子忠心耿耿
又時常富有俠士情懷
想把大千世界獨自去闖蕩
喧鬧活潑的春天
卡拉ok仍在唱那幾首山地情歌
那懷有天才技藝的木匠
在村莊角落默默蓋著他的城堡
女主人永遠不住在裡面
收山蘇的車子來了
惠美和老闆一陣激情的討價還價
最後落寞的敗下陣來

她用檳榔汁染紅的牙齒對我擠出一個微笑
說：看，又下雨了

二〇一六年二月二十日

那時你才聽見海的聲音

那時你才聽見海的聲音
當夕陽沉落
遊人散去
一隻漁船孤零零地駛向天際

你差點忘了海是有聲音的
你以為海是沙灘上的尖叫和電子音樂
你以為它們都長得像比基尼
你以為它們是歡樂的

可是現在
當夜晚的面紗輕輕飄臨
你聽見了自己的心

那時你才聽見海的聲音

二〇一六年六月十一日　福隆

牧歌

城裡的夏日沸騰未艾
高原上的牧人已在聆聽秋天
愛情逐漸圓熟成飽滿的麥穗
在無雲的天空下展眉

雨季說來就來了
也不曾和誰打聲招呼
只記得那天部落的長老
離家到遙遠的地方去

然後是歌聲
然後是舞
然後是那義無反顧的女子

然後是雷
然後是雨
然後是豹子

二〇一七年七月二十五日　臺北

情歌

——仿艾蜜莉・勃朗特

喔，我那無法被馴服的詩意
妳為何總像奔騰的駿馬
跳躍不停
催促我從這斗室的昏暗奪出門去
奔向亂石的山崗，虯枝的樹叢
遍布石南和青苔的荒野
在冰冷的墓窖底下
躺著我永恆的愛人
他的面容一如古老的雕刻

歷盡滄桑而越發精神
恆久向我展示自然的奇幻力量
啊，如果這塵世竟容不下
我們烈燄般的愛情
那就讓我深深唾棄它
追隨你一同進入大地吧

二〇一五年九月二十二日

那時我們談論月亮

——贈家帶

那時候我們談論月亮
在星辰下朗誦詩歌
大聲說話，辯論，擁抱
沿著河流奔跑

在布爾喬亞的客廳
評判福特萬格勒和米爾斯坦
爭辯莫札特第二十三號協奏曲
最適任的鋼琴家

品嚐宋畫和鐵觀音
墨色的濃淡深淺
點描王維的詩
有時　我們的詩人也會來上一首
關於浪漫的愛　關於秋天
關於英雄們的永不妥協

後來幾年
人們開始帶著插頭出門
閒談之間
偶爾低頭盯著手機
也還能抱持一種
彬彬有禮的風度
依舊是巴赫和布拉姆斯
依舊是萊茵的黃昏

不時透露出一種
對年輕世界的悲哀

忽然有一句對白
似曾相識
才發現陽臺未闔的門
原來我們都在等待
那避免提到名字的人
出其不意歸來
給人們闡述生命的哲理
對音樂發出由衷的讚嘆

還能怎麼辦呢
自從費雪狄斯考死去
這世界再沒有鄉愁

那些僥倖活下的人
依靠過往時代的靈光
書籍和音樂
在深夜裡獨自前行

多年以後
是否還有人記得
那時我們談論月亮
在星辰下朗誦詩歌
大聲說話，辯論，擁抱
沿著河流奔跑

記得有一個小女生
曾在月亮下唱歌

二〇一六年十月七日

來自山川

在城市中孤獨的人哪
你可曾嚮往澄藍的天
在曠野中佇立的人哪
你是否懷念家鄉燈火

在這個變化流轉的世界
你心中那張潔白的帆
洗去了曾經不得已的憂傷
向天際線起航

你來　來自山川的呼喊
你去　去到飄零的所在

你飛　飛過命運篩選的意外
穿過漫長黑夜　找到最初的愛

在這個變化流轉的世界
你心中那張潔白的帆
洗去了曾經不得已的憂傷
在黑暗中發光

你來　來自山川的呼喊
你去　去到飄零的所在
你飛　飛過命運篩選的意外
穿過漫長黑夜　找到最初的愛

二〇一五年十一月十八日　江陰

小星星，小眼睛

Little Star, Little Heart

小星星，小眼睛
黑夜裡閃著光明
安慰孤獨的心靈
在深深的深夜裡

Little star, little heart
Shining lonely in the dark
Singing comforting songs
Throughout this long, long night

誰在清澈的水邊唱	Who sings in the riverside?
誰在茂密的森林跳	Who dances in the forest wide?
誰在唱歌　誰在跳舞	Who is singing? Who is dancing?
是誰	Is who?
我們來自遙遠地方	We come from place very faraway
沒有煙囪和大工廠	Without chimneys and factories
唱著歌　跳著舞	Singing songs, dancing high
在臺北	In Taipei
越過多少的青春年少	Go through how many flowery youth
走過荒無人煙的小道	Walking down untrodden pathway
每一個動心時刻	Every touching moment
多麼幸運有你在身旁	How lucky to have you beside

我最親愛的家人朋友
與你們共享星光

小星星，小眼睛
黑夜裡閃著光明
安慰城市中孤獨的心靈
那是情人的眼裡
最熾熱的火焰
人間的流星　願你守候著
孩子的夢

小星星，小眼睛
黑夜裡閃著光明

My dearest family and friends
With you share this sky-light

Little star, little heart
Shining lonely in the dark
Singing comforting songs to the citizens
It's the flaming fire in a lover's eyes
Shooting star on earth, wish you to keep
The dreams of the child

Little star, little heart
Shining lonely in the dark

在深夜裡　你美麗的眼睛　"All through the night, your glorious eyes
照映在我的心　Were gazing down in mine."

註：引號" "之英文詩句引自艾蜜莉・勃朗特（Emily Brontë）的詩"Stars."

二〇一六年九月一日

再會

再會太陽，再會白晝
再會星星，再會黑夜
再會小河，再會大山
我即將要走了
我不會再回來

再會愛人的雙臂
再會屋頂的小花
再會溫暖的咖啡
再會發黃的書頁
我即將要走了
我不會再回來

再會昨日，再會明日
再會農村，再會都市
再會吧，一切的一切
舊時祠堂的牌位
已不知身在何處
留下我一人在世上
又有何用途

再會美麗的雙眼
再會天真的微笑
再會烏黑的長髮
再會多情的歌唱
我即將要走了
我不會再回來

二〇一六年十一月二十八日

兩難

我不知道
這樣做是不是值得
用一次傷心
換一首詩
換一首好歌

我有時候希望
我不會唱歌
不會寫詩
而能夠過一種
不那麼傷心的人生

但同時
我可能也失去了快樂
最真實的那種

二〇一六年十月二十八日

故鄉的定義

故鄉作為地理名詞是有限的
故鄉不僅是你的舊識，你兒時的玩伴
不僅是殷切關心你的鄰居
愛嚼舌根的婦女，故作沉穩的男人
不僅是無邊際的草原和星空
也不僅是初戀的情人
或那帶著泥土氣味的口音

當黎明破曉，或是夜幕降臨
你隱約想起的，使你在夢中落淚的原因……

故鄉，一個只能經歷不能想念的名詞
只有在你站在它的土地上時
一切才歸於完整

二〇一八年十月二十四日　東源

難道這一切該是有意義的

難道這一切該是有意義的
如果我曾親歷過的那些土地和思想
都比不上你嚴峻眼神中流露的哀傷

啊，我失散的兄弟
我親密的愛人
若我在世上屢經困頓而不曾絕望
是因為我心中深懷著
對我們愛情的信仰

二〇一六年一月八日

皮耶絲，妳為何那樣彈琴

喔，皮耶絲，妳為何那樣彈琴
世界已經改變了好多啊
卻絲毫不沾染妳的心
一條河兀自向神祕的國度流去
那細緻聲音倔強地說：
是啊，我在這裡……

皮耶絲，我祝願妳生活得
幸福而長久；
讓孤獨的人們相信
為他們點亮火焰

在深深的黑夜裡
這世上還有東西不來自人性！

註：皮耶絲，Maria João Pires, 葡萄牙女鋼琴家，1944-。

二〇一五年十二月八日　臺北

她的靈魂

她的靈魂長得很瘦
像雪地上的一棵漆樹
在靜默的言語裡
有深沉的哀歌

不能成為漆的樹，是無益的
如同封閉的靈魂，對整個冬天來說
是無益的，如同松柏，如同梅花
堅忍不拔地咬牙活著
在冬天裡，沒人看見
既無益處，也無意義

一切是沒有意義的
直到你開始撫琴唱歌
「一棵漆樹在雪地上，」
一切都有了意義。

二〇一五年十二月九日

我們必定要保持緘默

我們必定要保持緘默
在愛情最初的時刻
新芽剛剛自樹梢吐露
花朵從冰凍中回過神來

相遇自遙遠的黑暗
人煙鼎沸的煙火
眾裡尋他，那激越的高音
始終在，最靜寂的角落

二〇一七年一月二十八日　大年初一

滇池

滇池
一年沒來看你
記得去年的春天
我從遙遠的海那一邊
飛來撲向你的懷抱
鷗群在岸邊嬉戲
陽光在水面舞蹈
那種快樂
西山上的音樂家（註）
也不曾懂得

你是我神祕的親人
生命開始前埋下的隱喻
於此終於揭曉
有時我也想像
桃花初綻的時節
和愛人手牽手
漫步在你身邊
我們要在月光下唱歌
講很久很久以前
詩人摘月亮滑跤的故事
大笑開懷
為了世人都不知道的理由

今年夏天　遊客多了
海鷗也不見蹤跡

我才發現我始終想念著你
滇池　再見吧
下次不知何時再見
且讓我深情的再望你一眼
你是美麗深邃的藍寶石
我帶不走　也不能久留
你有你的憂傷
我有我的路要走

註：西山，在滇池邊上，山上葬著昆明的音樂家聶耳，為中華人民共和國國歌「義勇軍進行曲」之作曲者。

二〇一七年八月五日　昆明滇池

歌行

暮秋登慕田峪長城

我不遠千里
前去尋找心飄盪的軌跡

暮秋的邊城略顯凋零
楓紅片片和腳下黃葉相輝映
跫音窸窣　鵲鳥嘶鳴
遊人點點妝飾了風景

喔，漂泊的鳥兒啊
你為何如此孤單
在眾人為之迷醉的舞蹈裡
丟失了自己的地位

見證了千百年的兵戎交戰
幾代人的性命與血汗
長城，他們稱你為偉大的（註一）
在我眼中卻是風霜與瘡痍
一直到出現那仁慈的皇帝
才免去了你肩頭的沈重使命（註二）

文明與野蠻，在此僅隔著一線
一線你用槍炮弓箭撐起的天
善跑的將士，擊鼓鳴金的壯烈
深深的黑夜裡烽火綿延

圍城內是細膩的秩序與禮節
高牆外是無盡草原高高的天

站在邊界之上　洶湧的思潮與欲念
一不留神的時辰
不羈的心靈就要衝出塞外

再往前一步，一步即成鄉愁（註三）
望盡大漠的黃沙滾滾
益加增添文明的眷戀
這美麗的中原之土富含智慧
多少無畏的異族直驅長鞭
只為吸取她的養分
做成她驕傲的兒子與主人

可歎啊長城
英雄豪傑的時代過去了
那些曾在你身邊英勇作戰的男人

如今成了機器的奴隸
是的，世界在改變
古代的奴隸造就了你的雄偉
現時的苦役虛弱地抬不起腿

我從很遠的地方來看你
在這延遲了的秋天，楓紅片片
金黃與蓊綠相間的山谷
為你匍匐的身軀披上衣袍
薄霧中時間彷彿凝結了
而我彷彿突然懂得了你的心：
赤裸而孤獨的面對不可知的敵人
如同面對斑駁的歷史，剝落的歲月
如今再沒有人守護你
而你依舊守護著這片土地

你堅實的存在對龍族的後代述說
他們祖先曾經的風光與氣概
你傷痕累累的胴體撫慰著疲憊的旅人
所有的秩序，自此端終結
所有的幻夢，自彼端發生
長城啊長城
容我親密地接近你
再遠遠地棄你而去
直到有一天相忘於天涯
直到新的時代終將取代你的時代

題解：慕田峪長城，在北京市懷柔區。

註一：萬里長城，The Great Wall.

註二：清代不再修築長城，康熙皇帝認為「守國之道，唯在修德安民。」修建長城是勞民傷財之舉。

註三：鄭愁予，〈邊界酒店〉：「多想跨出去，一步即成鄉愁」

二〇一四年十月三十日
甲午年閏九月七日
於北京中國人民大學　百合齋

女史・途中歌

——忽反顧以游目兮，將往觀乎四荒
屈原《離騷》

那女孩從什麼地方來
她臉上為何有那麼悲傷的神情
黑黑的森林深處
有什麼不為人知的心事

一雙眼是草原上的馬
自從那年水草不再長了
滾滾黃沙，漫天亂吹
眼角就止不住淚

渴望安居的南方
不如往昔肥沃的土壤
多情的歌者頻頻探問
還否？曰：非我家鄉

好心的漁婦舀來江水
洗洗腳吧，她說
一條死魚湊上臉際——
罷了吧，還是繼續流浪！

二〇一五年十二月九日

南方的姑娘

一路向南
北方的天空從來不屬於
久居亞熱帶的鳥兒
高遠　湛藍　奮不顧身的勇敢
適合大漠上的英雄
闖自黑龍江的俠士
南方的姑娘啊
這不是你的國度
你是濕潤的土地上長出的花

一路向南
以優雅旋轉的姿態

輕踮著步伐
把路途上的艱辛與憂傷
強忍著眼淚的時刻
跳成一支深沉的舞
寫成一首動人的詩歌
南方的姑娘啊
這不是你的國度
你的心在碧綠湖水上蕩漾

一路向南，向南
他們說寬厚與溫柔
是君子嚮往的地方（註）
那裡的人們為收割的稻田祝香
對海神娘娘有著虔誠的信仰
那裡的男子喲

啊，我知道你不忍回想
南方的姑娘啊
這不是你的國度
你是山谷中靜靜流淌的一條河

南方的姑娘
你曾欽慕北方的遒勁與剛強
黃沙覆蓋的大地上質樸的歌唱
在那裡，石頭比文字有分量
諾言比永遠更長
但這不是你的國度
粗糙的沙礫和嚴寒的風
不親近你柔嫩的肌膚
那心靈磊落的男子也不能將你留下
一路向南吧，南方的姑娘

春暖花開的季節
你就要用鄉音吟唱著古老的詩
回家去啦

註：《中庸》：「寬柔以教，不報無道，南方之強也，君子居之。」

二〇一五年二月二日　鄭州往南京火車上

猶太敘事歌

在大地上遊走的銀色鬃馬啊
把你的足跡拖得長長
那所有用鮮血和熱淚寫下的傷
有一天終會得到報償
有一天，鮮花終會開滿
在久旱的大地上

而人們將會平靜地歌唱
歌頌生命深沉的憂傷
他們已經看見：看哪！
那風塵僕僕的旅人
終於來到我們身旁

我們要像家人一般歡迎他
像親密的愛人般呵護他
在青草滿佈的大地上
他將被我們稱頌為王

二〇一六年四月一日

石頭的身世

洪荒伊始，太初朦朧
當星球的輪軸來到獅子的子宮
母親的毬果熟透了，呱呱墜落
在沉默的黑色大地，嶙峋突起
一顆笨重的腦包　——嘿，
這樣一顆怪異的石頭
可會思想？可會言語？可會舞蹈？
一開始，人們認為他是愚鈍的
彷彿聽不見人世的車馬喧囂
在自己的天地兀自摘取花朵
世界多美啊！他暗自讚嘆

也不管旁人聽不懂他的話
以為他是個傻瓜

孩子懵懂地成長了，那一年
當國家的鐵幕拉下臉來
顏色消失了，從此只有灰——
無止無盡，深淵般的灰——
他陪著才子父親將無數詩稿焚燒
卻從此著了心魔：詩，文字，
唯一的，永恆的生命！

整理好行裝，輕便的行囊
他向故鄉的高原進發
大地母親，我們在世上的安慰與指引
我永遠信靠妳，愛戴妳，崇拜妳！

他開始在心中描繪愛人的形象
她有河流般的嗓音，山谷般的身軀
如大海廣闊的智慧，一雙炯炯的眼
彷彿星星穿過深長的黑暗
火熱地燃燒，燃燒，燃燒——
啊，他要牽著她細小堅韌的手
一步一步，走遍世界

歲月緩慢流逝
當社會主義在家鄉建起巍峨的高樓
像那些不知恥的巴比倫信徒（註）
他的詩句在灰暗的大地上流傳
一條洶湧如瀑的暗流
穿過鄉村的小學校，城市邊緣與下水溝

一名愛好雅言的水手
拽上僅有的家當，和他的詩集
飄洋過海，投奔自由的祖國
數年後
海峽對岸一雙彈琴的手
在夜燈下顫抖地捧讀那騷人的魂

生命彷彿已越過高峰
藝術，朋友，家庭，名聲
詩作在外國被朗誦
人格受青年人追捧
一位天才和大師，他們這樣稱呼
搜索和撫摸世界的地圖
在說不同語言的人中間穿梭
拜金和權威的國家令他益發絕望

那樸素的心靈，那率真的誠懇
那不顧一切為愛勇敢和悲傷的女子
不會出現在這片土地上了
我這一生再也遇不到了

這是什麼樣的歌聲？
從什麼地方傳來？
我難道不是在夢中？
他從沒想過，青春會自海洋彼端回返
那和他說相同語言的歌手
用最古老的象形文字書寫
用最悲切的生命撫琴唱歌
她竟是個女的！？
她是不是那個我多次在深夜裡呼求

每每在孤獨中默想的人？
這就是那雙我等待的手？
看哪，她長著一雙會說話的眼睛
正對我微笑

以後的故事毋須多說
那天，陽光明媚的下午
他和她走在翠綠的湖邊
一切彷彿就那樣決定了
他的詩有了形體
她的歌有了依靠
後來，人們聽說他們去了遙遠的地方
一路哼唱古老美麗的歌
一路相愛著，把世界吻遍

註：典出舊約聖經，古代巴比倫人建了一座巴別塔，想要通天，耶和華為懲罰其狂妄，將人們之間的語言弄亂，讓他們無法溝通，塔遂無法建成。

二〇一六年四月六日

頌

飛回來吧，古老溫柔的心

飛回來吧，古老溫柔的心（註）
別忘了你的翅翼
為何我竟難得聽見，囂囂塵上
你冰亮水晶般的銀鈴

飛回來吧，你躲在哪裡
穿過漫漫長夜當我獨行
即使身邊歌聲笑語不絕
我仍然祈求你的注意

渴慕著你呀，當我沉默
當我不由自主地歌唱

當我背對著世界舞蹈
當我在愛人閃亮的眼裡看見
你，即是我所有，今生與來生
最澄淨清甜的
那道泉

Fly Thee Back, my Dearest Poesy

Fly Thee back, my dearest Poesy,
Don’t forget your wings.
Why do I now hardly hear, above the Dust,
Your crystal sound of silver bells.

Fly Thee back, where are you hiding?
Through the long and dark night I walk alone,
Although singing and laughing are not remote,
I still long for your caring.

Aspiring for you, as I am silent;
As I sing involuntarily;

As I dance against the world;
As I see in the sparkling eyes of my lover:
You, is my all being, past and after life,
Clearest and sweetest—
That Spring.

註：濟慈（John Keats, 1795-1821），〈怠惰頌〉（Ode on Indolence）: “The last, whom I love more, the more of blame/ Is heaped upon her, maiden most unmeek,—/ I knew to be my demon Poesy.”

二〇一七年五月十七日作，英文部分譯於二〇一七年六月十日

啊，多麼悲傷

啊，多麼悲傷
當她朝向神靈舞蹈
人們卻只關心她腳踝落下去的姿勢

二〇一六年七月十一日

曾經我們是兩個，或更多

曾經我們是兩個
或更多地
稱它為神聖不可分割的三
四處遊蕩的歲月裡
歌聲不絕於耳
他高唱禮運大同的凱歌
妳輕哼悠揚婉轉的心曲
而我，不學無術的頑皮小孩
高高興興在你們身邊蹦跳
一支支無以名狀的舞
時間從指縫間漏下
那些日子我全記住了

那些海，那些沙灘
那些奮不顧身的奔跑追逐
那些優美的旋律和詩歌
只是美麗的時光一去不復返
如今再沒有人在我身邊歌唱
我獨自帶著你們寫下的音符文字
在世間游走

二〇一五年七月二十一日　臺北　和心齋於師大附近咖啡館相聚一下午，後作

全新的感覺

這是全新的世界
你曾在許多不眠的夜裡
殷切地盼望與祈求
天國的眼淚為你垂憐
現在，此時此刻
那悠悠的旋律
已然到來

雲海平原於眼前舒展
一瞬間，再沒有苦痛與哀愁
永不乾涸的喜樂
永不枯竭的靈感

那世界已為你展開

你看見身旁皆是熟悉的人們
過往和未來時代的天才，大師
詩人和音樂家，彈豎琴的阿波羅
在琴鍵上舞蹈的莫札特
還有撫琴歌唱的孔老夫子
大家都在這裡

大家都在這裡
看哪，那穿越漫漫長夜
踽踽獨行的女子
吟唱古老的詩歌
前來加入你們

二〇一五年十月六日　臺北凌晨

你聽見了嗎

我親愛的心
你聽見了嗎
那傳自天際的悠悠呼喚
一首首古老溫柔的歌謠
當星子向大地投射深情眼眸
你可曾預備接受那無上的光？

我親愛的心
即使黑夜看似漫長
你要好好記得
那永恆不滅的美妙樂音
始終響亮在黑暗上方

記得你愛的人們
記得那些夏日和瘋狂的想望
記得在寂靜中默禱的眼淚
記得誠摯的友誼和微笑

即使黑夜看似漫長
記得故鄉的草原和山
記得那條祕密的河流
記得她美麗的模樣

即使黑夜漫長
也不放棄歌唱

二〇一五年十月十日

卯

明天在你臂彎裡
那時我就分不清眼淚與海水
究竟哪個使我發出腥鹹
很久以後我才發現
女媧補天時遺留了一顆石頭
名字叫做：悲哀
天亮的時候
它生了我

二〇一六年三月三十一日　臺北

祕航

我獨自一人走在街上
剛剛讀過一首關於飛行的詩
在耳邊嗡嗡作響
無人知曉的祕密航行
僥倖而暗自竊喜
獨自穿越了那麼深的幽暗啊
只為了與黑暗本身相合
只為了遇見　更好的自己
發亮的岩石　在海潮深處超升
崇高　美　無限　在虛空中應聲
撕裂成浪花千片　我忘了自己曾經
是個女人　在黃昏的時刻

有什麼在天空中聚集　又遙遙散去
一如那首古老的謠曲　你欲回神諦聽
它已消失無影

二〇一六年三月二日

林中小屋

關於林中小屋和它所能承載的一切
我們從不懷疑
譬如你蜷曲的毛髮
和我赤裸的光腳丫
我看見他們在骯髒的地上玩著遊戲
溫暖而豐盛。一次一次
我狂喜地吶喊著向你奔去
像受情慾感動的吉普賽女子
或酒神迷狂的女祭司
在春天，萬物甦醒的季節
當大地那溫柔的猛獸
睜開惺忪的睡眼

彷彿第一次看見這奇異的世界
奇異的光。宛如新生——

那是枝葉茂密的林間空地
久經廢棄　遺世而獨立
忽而矗立一棟破敗的小屋
陳舊，雜亂，空空
如也。樑柱在四處傾倒
屋頂塌陷大半
看這木構的建築風格
該是傳自遙遠的年代
是那些愛好山野的都市過客
還是居住鄰近的鄉下人
抑或，是那個受僱的獵場看守者
日復一日，等著絲緞皮膚的女主人

從她豪華的宅邸款步走來
搖擺著花一般的臀部
一棵樹扎根於泥土
岩石開裂　大雨傾注

那是很多年以前
人們相信星星和洪水的時節
山崗上嚎叫的狼群
不時變身潛入人間
牠們偷走嬰兒的天真歡笑
換上一雙陰鬱的眼
身上留有印記的男人女人
一生中不斷彼此尋找
越過海洋和乾涸大地
注定漂泊，注定孤寂

哦，林中小屋
在益發冷漠的世界上
你是僅存的美麗田野
我們最後的避難所
只有在你的懷抱
我才能遇見我孤獨的愛人
他有野獸的身體
無比驕傲的心
科學和修辭不能將你算計
大主教和政治家也要向你朝拜
你，原始而唯一的宗教
人類繁衍的祭場
生生不息啊
如果大地將要死去

讓我和愛人守在你的樂園裡
吃下那顆果　直到末日來臨

二〇一六年二月十八日

光之頌

——敬悼余光中老師

那著名的詩人逝去了
人們說他像一顆藍色的星星
屬於智者的那群
奧林帕斯山上，如今
繆思女神環繞，給我們清癯的那雙
握有五彩筆的手
戴上不朽的橄欖枝

詩人，你這卑劣的盜火者
膽敢犯下普羅米修斯的罪行
從天上偷來美麗的意象和詞語
填補了空虛的人間，為莘莘學子
撬開了靈界的大門，日日夜夜
勤奮如你，詩歌之泉從未枯竭
多少人在寧靜的深夜
暗自背誦、抄寫，你雋永的詩句
多少人，前仆後繼，踏上文學苦行的路不歸

黑夜裡的燈塔，一直以來
您站在堅定的海岸屹立
微笑看著後生們滾滾前來
如今點燈人不在了，但詩的燈芯不會熄滅
您的光照亮了此岸，彼岸

照耀著一個古老文明的前景
在深沉的，寧靜的光輝中

二〇一七年十二月三十日

短詩

黃昏　天空很藍

黃昏
天空很藍
沒有雲
在小時候的家附近

二〇一六年八月二十日

小宇宙

花
開之前
有什麼東西
在裡面
爆裂了
小小的
那麼美

二〇一八年六月二十一日

琴

千百年傳承的文人之音
歷經戰火而未曾斷絕
上古聖哲的精神
如今仍須通過你
魂兮歸來

蠹

自深深的遠古　悠悠游來
詩人見了著惱　又
不忍那優雅身軀　湮沒於世
遂放之行之　即便書卷缺殘
靈感的閃身從未停歇

鹿

不唱歌的時候　也喜歡低頭喝水
不跳舞的時候　也貪看枝頭的小鳥
銀色的月光下　森林女神張滿了弓
如果遇上了英俊的獵人　也願意
奉獻純潔的一顆心

史

古代祕儀的守護者
熟知山川的來歷　與神明交
於廟堂之上　辯言鑿鑿
痛陳君王將相之腐　以合於真
而終沒於荒草

妓

纖纖素手　曾經是你
猶抱琵琶　向哪個多情的公子
秦淮河上歌聲談笑不絕　知書達禮
又善解人意　喔　不復返的詩人時代
一併埋葬了你的衣裙

以上五首作於二〇一七年四月十六日

暴風雨　組詩

棋局的悖論

太平洋列嶼上的一場風暴
來臨前
寧靜的
英格蘭鄉村
一隻蝴蝶
輕輕
拍了拍翅膀
對遠方降生的災難

無知
無覺

鄰居

已多次遇見
電梯裡的女子
問我：
「你住幾樓？」
「我住在你隔壁。」
她語氣驚訝
繼續盯著手機，說：
「對不起，
我沒有注意……」

小狗的快樂

我指著天邊的烏雲
對喜美說
要下雨了
牠不解其意
興奮地向前衝去
不料被我手中的韁繩絆了一跤
仍沾沾自喜
對於剛剛解下的黃金
和久違的陽光

她

她在暴風雨來臨前
獨自出門去
和眾人相反的方向
為了一首詩

她渴望找到一個能在風雨中和她相愛的人

家事

超級市場裡
神色慌張的主婦
大手大腳

懷抱著一籃籃蔬菜肉品　速食麵　礦泉水
水果罐頭　狗飼料　尿布
一邊交換最新的颱風動態
一邊向出口逃跑

舵手

海堤上
面部飽經風霜的船長
注視著漸漸漲高的浪潮
像個冷靜的先知
舉起了右手

母親

放假的日子
母親早早上市場
回來的時候
開心地向我展示戰利品
像個小姑娘

二〇一六年七月六—八日

她一個人坐著

她整日地一個人坐著笑
一定有什麼事出錯了

二〇一八年十一月十日

從窒悶的課室

從窒悶的課室
我的心飛奔向你
懷著廣闊的柔情

二〇一八年十一月十四日

早晨

喜歡跟你說早安
在純潔的早晨
——早晨你是屬於我的

二〇一八年十一月十五日

外婆

我在樓上讀書
外婆在菜園裡翻土
我忽然覺得，鋤頭落下的聲音
是我聽過最美的歌

二〇一八年九月三十日

燕子

我有四隻好燕子
一隻在英國，兩隻在美國，一隻在印度
她們每年輪流飛回來看我
有朋自遠方來
日子就不寂寞了

二〇一九年一月十日

讀詩人127　PG2356

卯

作　　者	張心柔
責任編輯	林昕平
圖文排版	林宛榆
封面設計	蘇于軒
封面完稿	王嵩賀

出版策劃	釀出版
製作發行	秀威資訊科技股份有限公司 114 台北市內湖區瑞光路76巷65號1樓 電話：+886-2-2796-3638　傳真：+886-2-2796-1377 服務信箱：service@showwe.com.tw http://www.showwe.com.tw
郵政劃撥	19563868　戶名：秀威資訊科技股份有限公司
展售門市	國家書店【松江門市】 104 台北市中山區松江路209號1樓 電話：+886-2-2518-0207　傳真：+886-2-2518-0778
網路訂購	秀威網路書店：https://store.showwe.tw 國家網路書店：https://www.govbooks.com.tw
法律顧問	毛國樑　律師
總 經 銷	聯合發行股份有限公司 231新北市新店區寶橋路235巷6弄6號4F 電話：+886-2-2917-8022　傳真：+886-2-2915-6275

出版日期	2019年11月　BOD一版
定　　價	360元

Printed in Taiwan

國家圖書館出版品預行編目

卯 / 張心柔著. -- 一版. -- 臺北市 : 釀出版,
2019.11
面 ;　公分. -- (讀詩人 ; 127)
BOD版
ISBN 978-986-445-361-0(平裝)

863.51　　108017248

讀者回函卡

感謝您購買本書，為提升服務品質，請填妥以下資料，將讀者回函卡直接寄回或傳真本公司，收到您的寶貴意見後，我們會收藏記錄及檢討，謝謝！

如您需要了解本公司最新出版書目、購書優惠或企劃活動，歡迎您上網查詢或下載相關資料：http:// www.showwe.com.tw

您購買的書名：______________________________

出生日期：________年________月________日

學歷：☐高中（含）以下　☐大專　☐研究所（含）以上

職業：☐製造業　☐金融業　☐資訊業　☐軍警　☐傳播業　☐自由業

☐服務業　☐公務員　☐教職　☐學生　☐家管　☐其它_____

購書地點：☐網路書店　☐實體書店　☐書展　☐郵購　☐贈閱　☐其他

您從何得知本書的消息？

☐網路書店　☐實體書店　☐網路搜尋　☐電子報　☐書訊　☐雜誌

☐傳播媒體　☐親友推薦　☐網站推薦　☐部落格　☐其他__________

您對本書的評價：（請填代號　1.非常滿意　2.滿意　3.尚可　4.再改進）

封面設計____　版面編排____　內容____　文／譯筆____　價格____

讀完書後您覺得：

☐很有收穫　☐有收穫　☐收穫不多　☐沒收穫

對我們的建議：______________________________

____

____

____

請貼
郵票

11466
台北市內湖區瑞光路 76 巷 65 號 1 樓
秀威資訊科技股份有限公司 收
BOD 數位出版事業部

（請沿線對折寄回，謝謝！）

姓　名：＿＿＿＿＿＿＿＿　年齡：＿＿＿＿　性別：□女　□男

郵遞區號：□□□□□

地　址：＿＿＿＿＿＿＿＿＿＿＿＿＿＿＿＿

聯絡電話：（日）＿＿＿＿＿＿＿＿（夜）＿＿＿＿＿＿＿＿

E-mail：＿＿＿＿＿＿＿＿＿＿＿＿＿＿＿＿